Les murmures du banian

Par Belinda Chavremootoo

Dédicace

*Pour ceux qui se souviennent de ce qui n'a
jamais été écrit.*

Et pour ceux qui écoutent quand la terre parle.

Droit d'auteur du texte

À propos de l'auteure

Belinda écrit des histoires pour les adultes et les enfants : des mystères douillets avec des portes de jardin et des chats intelligents, des aventures magiques où les voix timides trouvent leur rugissement, et maintenant, des mystères tranquilles où l'histoire murmure à travers les feuilles de banian.

Ses romans errent souvent entre folklore et famille, justice et mémoire, ancrés dans des lieux vivants et des personnages superposés. *Murmures du banian* est son premier mystère littéraire et le début d'un nouveau voyage dans des histoires façonnées par les racines et le jugement.

Lorsqu'elle n'écrit pas, elle est généralement dans son jardin, à imaginer des personnages entre les tomates et le thym, tandis que ses deux chats la surveillent avec des visages sérieux et sans se détendre.

Épigraphe

*« Il y avait un enfant enterré sous le banian, »
disent-ils. « Pas pour la punition. Pas pour le
sacrifice. Pour le silence. »*

— Note de terrain, Archives culturelles de
l'île de Céleste (non vérifiée)

Cinq racines enterrées, cinq pièces payées.

Un garçon attend, son nom n'a pas été dévoilé.

Il ne dort pas. Il ne pleure pas.

La terre réveillera ce que nous essayons de garder.

— fragment d'une berceuse, d'origine
inconnue

Table des matières

Prologue

L'île l'accueillit par un silence.

Pas le genre de choses dont les touristes parlaient – le genre de vagues, le chant des oiseaux et le vent dans les palmiers – mais l'autre genre. Le genre qui s'infiltrait dans le sol et attendait.

Alisha Desai est descendue du ferry avant l'aube, l'air épais de sel et de secrets. Le brouillard s'accrochait au port comme s'il y appartenait, refusant de se lever. Ses bottes heurtèrent le quai avec le bruit sourd de quelqu'un qui retourne quelque part où il n'aurait jamais eu l'intention de revenir.

L'île de Céleste n'avait pas changé. Pas vraiment. La canne à sucre s'inclinait toujours aux mêmes endroits. La même statue ébréchée de Sainte-Brigitte s'appuyait dans la brise marine. Le même graffiti – *« La terre n'est pas vide simplement parce que vous ne l'entendez pas crier »* – s'est estompé près de l'entrepôt portuaire.

Elle resserra son manteau.

Une femme vendait des fruits à pain frits dans une charrette rouillée. Un chien la regarda passer comme s'il reconnaissait son âme. Pas de fête de bienvenue. Pas de bannières. Pas de retour à la maison.

Juste... la mémoire.

Elle sortit une enveloppe pliée de son sac. L'écriture de son grand-père était toujours claire, même après huit ans :

« Si tu reviens, écoutes la terre. Elle n'oublie pas. »

Elle n'était pas revenue pour les fantômes. Mais ils faisaient déjà la queue.

Son taxi était en retard, alors elle marcha jusqu'au bord de l'ancien jardin botanique – ce qu'il en restait. Les banians s'étaient étendus depuis son enfance, les racines épaisses comme des membres, des membres comme des bras. Une racine se courbait comme un banc, et elle s'y assit, se souvenant.

C'est là que Rajiv Desai lui a raconté l'histoire du « garçon qui nourrissait l'arbre ».

Elle n'y croyait pas. Pas vraiment.

Mais maintenant, la racine sous elle vibrait légèrement.

Comme un souvenir, en train de s'éveiller.

Une voix derrière elle lui dit : « Si vous êtes assis sous celui-ci, soit vous faites confiance à l'île... ou vous ne la connaissez pas encore.

Elle se retourna.

Il avait l'air d'avoir dormi dans une bibliothèque : une chemise surdimensionnée, des boucles en désordre, des yeux comme s'il avait oublié la différence entre les rêves et les faits.

Noël Gopaul.

Il lui offrit un demi-sourire et un tract plié. « *Les arbres fantômes de Belle Forêt : une visite à pied du folklore culturel.* »

« Je suis Noël , » a-t-il dit. « Archiviste. Guide. Tueur d'ambiance occasionnel. »

Elle leva un sourcil. « Je ne suis pas ici pour une tournée. »

« Personne ne l'est jamais , » a-t-il dit, puis a hoché la tête en direction des racines. « Celui-là, c'est l'arbre de Bastian. Du moins, c'est ce qu'ils disent. »

Elle cligna des yeux.

« Qui ? »

Mais il s'éloignait déjà.

La jeep s'est arrêtée quelques minutes plus tard. Un jeune policier lui fit signe de s'approcher, inconscient du moment crépitant.

Son téléphone a vibré.

Corps confirmé. Belle Forêt. Domaine Courbet. Le chef veut que vous y participiez. Maintenant.

Elle regarda une fois de plus l'arbre, puis monta dans le véhicule.

Alors qu'ils s'éloignaient, une brise se glissa entre les branches.

Le banian murmura.

Chapitre 1

Le banian s'était alourdi au fil des ans.

Ses racines se tordaient comme des serpents endormis à travers les pierres de la cour, plongeant dans les os d'une terre que Jean-Michel Courbet n'avait jamais entièrement revendiquée – bien qu'il l'ait achetée, vendue, rezonée et donnée son nom à un cocktail.

Il prit une gorgée de cette même boisson, le *Crépuscule*, du rhum, de la mangue, du citron vert et un morceau de tamarin mariné. Il brûlait légèrement ; d'une manière qu'il aimait. En dessous de lui, des lanternes vacillaient dans le jardin. Les investisseurs étrangers ont ri trop fort. La musique insulaire a dérivé vers le haut, organisée pour être authentique sans offenser les sensibilités.

Son domaine, *La maison marée*, a été habillée pour impressionner.

Mais ses yeux continuaient à dériver vers l'arbre.

Le banian se trouvait au bord de la pelouse, là où le jardin bien entretenu cédait la place à la canne sauvage et à l'air salin. Quelqu'un avait accroché des guirlandes lumineuses à travers ses membres supérieurs. Festif. Décoratif.

Il détestait ça.

« On n'habille pas un dieu, » murmura-t-il.

Simone monta habillée en soie argentée sur le balcon. « Tu parles aux arbres maintenant ? » La voix était douce et la désapprobation aiguë.

Elle suivit son regard. «Tu dois être heureux. Tout le monde est enchanté. »

« Je leur ai dit de ne pas habiller l'arbre. »

« C'est un arbre, Jean-Michel. »

Il n'a pas répondu.

Il ne pouvait pas expliquer le poids dans sa poitrine. Les vieilles histoires qu'il avait rejetées toute sa vie avaient recommencé à chuchoter. Depuis qu'ils ont commencé à creuser près du bosquet. Depuis les rêves.

Simone l'observa. « Es-tu nerveux ? »

« Bien sûr que non. »

« Alors pourquoi tes mains tremblent-elles ? »

Il baissa les yeux.

Elles l'étaient. Il se mit à rire, court et cassant, et se détourna. « Trop de rhum. »

Mais alors même qu'il descendait les marches de la fête, il sentit le banian qui le regardait.

Pas seulement le regarder.

Mais en attente.

* * *

Simone l'a regardé disparaître dans la foule de la fête. La musique devenait assourdissante, les verres tintaient et le banian s'estompait derrière lui, pour l'instant.

Mais il ne s'est jamais estompé longtemps.

Plus tard, après le toast et les discours, après que le feu d'artifice a éclaté et s'est éteint au-dessus de la mer, Courbet s'est éclipsé. Trop de sourires. Trop de bruit.

Il erra à la lisière du jardin, vers le banian.

Les lumières s'étaient éteintes autour de lui. Ou ont été éteintes.

Il s'approcha lentement. L'air était calme. Pas de grenouilles. Pas de vent.

L'odeur de quelque chose – du sel, du cuivre et de quelque chose de plus ancien.

Il fouilla dans sa poche. La pièce d'argent était là. Il l'a gardée toujours maintenant, depuis qu'il l'a trouvée lors de fouilles. Il ne portait pas la marque d'une nation, seulement d'un oiseau gravé dans des lignes grossières. Il ne savait pas pourquoi il la portait.

Un son, comme un souffle, pas du vent.

Il se retourna.

Il n'y avait personne.

Puis il l'a senti – juste au-dessous de l'oreille, une piqûre aiguë, comme une piqûre de moustique.

Il a touché l'endroit. C'était mouillé.

Courbet laissa tomber son verre. Elle s'est brisée, inaudible.

Le monde s'est brouillé. Ses genoux fléchissaient.

La dernière chose qu'il vit, fut les racines du banian, ouvertes comme des bras.

En attente.

Chapitre 2

La mer était la même.

C'est la première chose qu'Alisha Desai a remarquée alors que la voiture roulait le long de la route côtière. Après huit ans d'absence, les couleurs de l'île de Céleste l'étonnaient encore : le ciel cobalt, les collines de jade, les éclats soudains du rouge des arbres de flamboyant le long des champs de canne à sucre. Mais la mer, elle s'en souvenait le mieux. Enfant, elle avait cru qu'elle murmurait des secrets. Aujourd'hui, plus âgée et formée à la logique médico-légale, elle soupçonnait que c'était toujours le cas.

Son téléphone a vibré. Un message du QG.

Corps confirmé. Belle Forêt. Domaine Courbet. Le chef veut que vous y participiez. Maintenant.

Elle fixa l'écran pendant un moment, puis glissa le téléphone dans la poche de son manteau. Pas de « bienvenue », pas de briefing, juste le poids d'un secret insulaire qui attend d'être exhumé.

Elle s'est penchée en arrière sur le siège passager de la jeep de la police. Le conducteur, un agent subalterne nommé Davide, était silencieux, trop silencieux pour les normes de l'île. Elle pouvait sentir son malaise comme de l'humidité.

« Vous avez vécu ici toute votre vie ? » a-t-elle demandé.

Il hocha la tête. « Oui, inspecteur. »

« Alors vous connaissez le domaine Courbet ? »

Un autre hochement de tête. « Tout le monde le connait. » Une pause. « Ils disent qu'il est maudit. Cet arbre en particulier. »

Alisha leva un sourcil. « Cet arbre ? »

« Le grand banian. Des gens disparaissent à proximité. Depuis l'époque des plantations. » Il hésita. « Vous n'êtes pas comme le dernier inspecteur. »

« Non , » a-t-elle répondu, souriant à moitié. « Il jouait au golf et portait des costumes en lin. Je résous des meurtres. »

Il gloussa nerveusement, ne sachant pas s'il était testé.

***

Ils sont arrivés juste après le coucher du soleil. Des lumières bleues traversent la pelouse bien entretenue. La façade blanche du domaine brillait faiblement sous les lanternes, mais l'air s'était calmé. Les invités étaient regroupés en groupes murmurants, certains pleurant, d'autres fixant simplement le banian qui se dressait au-delà du mur du jardin.

Alisha sortit. Le sol était étrangement mou sous ses bottes.

Un homme vêtu d'une veste en cuir usée s'approcha, au milieu de la quarantaine, créole, nerveux et vigilant, avec la présence constante de quelqu'un qui avait vu toutes sortes de désordres et qui rentrait quand même à la maison pour le dîner.

« Sergent Emmanuel Roux. Vous pouvez m'appeler Manu , » dit-il en lui tendant la main.

Alisha avait lu son dossier – quinze ans dans la police, née à Belle Forêt, décoré une fois pour avoir désamorcé une crise d'otages et a failli être licencié deux fois pour avoir frappé un supérieur corrompu. Un homme qui connaissait mieux les dessous de cette île que ses plages.

Elle lui serra la main fermement. « Inspecteur Desai. Vous avez un meurtre ? »

Il sourit faiblement. « J'ai entendu dire que vous alliez venir. Certaines personnes espéraient qu'il s'agissait d'une rumeur. »

Il la conduisit vers le bord de la pelouse de la fête. « Jean-Michel Courbet. Royauté locale. Mort sous cet arbre. » Il fit un geste vers le banian, maintenant bouclé par du ruban jaune. « Aucun signe de lutte. Il s'est effondré. Nous avons scellé la scène. »

Alisha s'approcha du corps. Courbet était étendu sur le côté dans l'herbe, les yeux écarquillés, un verre brisé près de sa main. Son visage était rouge, ses lèvres légèrement teintées de bleu.

« Il n'a pas l'air surpris, » murmura-t-elle.

Manu hocha la tête. « Presque comme s'il l'avait vu arriver trop tard. »

Une voix douce parla derrière eux. « Ce n'était pas naturel. »

Alisha se retourna, sans surprise.

Émergeant de l'ombre du banian apparut une silhouette familière : coudes, boucles, sac messager surdimensionné et le même calme déplacé qu'il avait eu plus tôt ce matin-là.

« Encore toi , » dit-elle en arquant un sourcil.

Noël Gopaul, historien, folkloriste et « archiviste culturel » autoproclamé, a incliné la tête. «Vous êtes en avance. La plupart des gens ne sont pas hantés deux fois en une journée. »

Manu cligna des yeux. « Attendez. Vous vous connaissez tous les deux ? »

« Nous nous sommes rencontrés près des ruines botaniques , » a répondu Noël. « Elle s'est assise sur la racine de Bastian. »

« Je ne savais pas qu'il avait un nom , » marmonna Alisha.

« Ce n'est pas le cas, jusqu'à ce que quelqu'un s'en souvienne. »

Mi-Français, mi-Indien et totalement obsédé par le passé de l'île, il parlait avec la rapidité d'un homme qui pense entre parenthèses.

« Cet arbre, » commença-t-il sans saluer, « fait l'objet de documents oraux depuis au moins les années 1700. Il y a une histoire – plusieurs en fait – à propos d'un garçon qui a été enterré ici vivant. Il est censé protéger le bosquet. Les gens avaient l'habitude de laisser des pièces de monnaie dans les racines. »

Manu jeta un coup d'œil à Alisha. « C'est Noël. Il en sait trop, il parle trop, mais il a généralement raison. »

Noël ajusta ses lunettes. « C'est la chose la plus gentille que tu m'aies jamais dite. »

Manu leva les yeux au ciel. « Noël est notre encyclopédie vivante interne. Tu t'habitueras à lui.

« Je ne suis pas superstitieux , « a déclaré Noël. « Mais l'histoire est toujours la même. Un homme qui déshonore le bosquet meurt sans marque. »

Alisha s'agenouilla à côté du corps. « Il y a toujours une marque , » a-t-elle dit. « Il suffit de regarder assez soigneusement. »

***

Noël se tenait à quelques mètres de la ligne de la bande, assez près pour voir le corps, mais assez loin pour faire semblant de ne pas avoir vu de corps auparavant.

Il l'avait fait, techniquement. Les musées les ont conservés. Les archives contenaient des croquis d'autopsie des années 1800 – des mauvais croquis, dessinés comme des cartes pour des malédictions.

Mais celui-ci était différent.

Le visage de Courbet n'était pas seulement mort. Il était calme.

Le banian derrière lui bruissait, même s'il n'y avait pas de vent.

Noël déglutit. Il avait toujours ri de ces histoires quand il était gamin – le garçon dans les racines, l'oiseau blanc, les murmures dans la canne. Mais ce rire s'était calmé en vieillissant, surtout après ce qui était arrivé à Mikey à l'université.

Personne ne l'a cru à ce sujet non plus.

Il pouvait encore voir le garçon dans les histoires, aussi clair que le folklore l'a toujours été : de petites mains, des pieds boueux, des yeux écarquillés avec quelque chose entre la terreur et la dévotion. Personne n'a jamais dessiné son visage correctement. Ils l'ont rendu soit trop angélique, soit trop démoniaque.

Mais Noël l'avait rêvé une fois. Le vrai visage.

Le garçon ne pleurait pas.

Il regardait.

Tout comme l'arbre.

***

Des bruits de pas se firent entendre à proximité : Alisha et Manu parlaient bas près du corps. Noël cligna des yeux et se redressa, ajustant sa sacoche comme si elle pouvait le protéger d'un souvenir qui venait de se glisser le long de sa colonne vertébrale.

∗∗∗

Plus tard, seule dans le salon inutilisé du domaine, Alisha fixa son reflet à la fenêtre. La pièce était pleine de poussière coûteuse. Le portrait d'un ancêtre colonial anonyme la regardait.

Elle était revenue à l'île de Céleste pour faire la paix avec les fantômes. Au lieu de cela, elle les trouva en train d'attendre.

Elle plongea la main dans la poche de son manteau et ferma sa main autour de quelque chose de lisse et froid.

Le sifflet.

Elle ne se souvenait pas de l'avoir emballé. Mais c'était là.

Tout comme cette affaire.

En attente.

Chapitre 3

La morgue de Port-du-Roi sentait les antiseptiques et les non-dits.

Alisha se leva lorsque le Dr Clara Wei glissa le corps de Jean-Michel Courbet dans la baie d'examen. Âgée d'une trentaine d'années, sino-céleste, le dos droit et l'œil perçant, Clara se déplaçait avec la précision de quelqu'un qui fait plus confiance aux données qu'aux personnes. Sa blouse de laboratoire était propre, ses cheveux impeccablement épinglés et son humour était assez sec pour préserver les preuves.

« Pas de traumatisme évident , « a-t-elle dit sans lever les yeux. « Les organes vitaux se sont effondrés rapidement, ce qui l'a frappé était efficace. »

« Serait-ce naturel ? »

Clara lui jeta un coup d'œil de côté. « Ne nous insultez pas tous les deux, inspecteur. »

Clara leva un sourcil. « Vous savez mieux que de demander cela lors de votre première affaire à votre retour. »

Un faible sourire traversa le visage d'Alisha.

Clara se pencha plus près du cou. « Voilà. Derrière l'oreille. Petite marque de perforation. J'ai failli la rater. »

Alisha s'avança. « Aiguille ? »

Clara hésita. »Plutôt comme un croc. Ou un dard. »

L'esprit d'Alisha s'éclaira aux paroles de Noël : *« Un homme qui déshonore le bosquet meurt sans marque. »*

« Quel genre de venin tue aussi vite ? »
a-t-elle demandé.

« Je peux penser à quelques-uns.
Escargot conique, quelques serpents de mer.
Mais ils sont difficiles à trouver. Et celui qui
l'a utilisé savait exactement où frapper. »

« Donc, nous ne faisons pas seulement
face à la colère. Nous avons affaire à des
compétences. »

****

De retour au domaine Courbet, la fête
est devenue une scène de crime.

Manu menait les interviews avec un
calme qui semblait mérité. Sa présence a
rappelé à Alisha le banian lui-même —

ancré, immobile et tenant des histoires qu'il ne racontait pas toujours.

« C'est notre liste restreinte , » a-t-il dit en lui tendant une page. « La liste des invités comptait soixante-dix noms, mais seuls quelques-uns étaient proches de Courbet personnellement. Le reste était des donateurs, des développeurs, et des influenceurs. »

Alisha scruta les noms :

- Simone Courbet, épouse. Calme sous l'interrogatoire. Peut-être trop calme.
- Gaspard Leroy, agent immobilier local. Profitait des acquisitions foncières de Courbet.
- Anjali Dubey, chargée de culture. S'oppose aux projets de villégiature

de Courbet pour des raisons d'héritage.

- Frère Matéo, guide spirituel et folkloriste amateur.

« Commençons par Simone , » a déclaré Alisha. « Les gens qui agissent calmement le font généralement pour une raison. »

***

Interview : Simone Courbet

Elle était assise dans son salon privé, les jambes croisées, l'expression impassible. Un état de veuvage parfait, sans larmes, sans tremblement.

« Jean-Michel avait des ennemis, inspecteur. Mais ils ne l'ont pas tué. L'île l'a fait. »

Alisha inclina la tête. « L'île ? »

« Appelez ça comme vous voulez. Karma. Les esprits. Sa propre culpabilité. Il a pris ce qui n'était pas le sien. Vous déterrez des lieux sacrés, et les choses commencent à saigner. »

Alisha garda un ton neutre. « Votre mari croyait-il cela ? »

Le regard de Simone dériva vers la fenêtre. « Dernièrement, oui. Il n'avait pas dormi depuis des semaines. Il entendait sans cesse des choses. Il n'arrêtait pas de me réveiller en pensant que quelqu'un était dans la pièce.

« A-t-il parlé d'un sifflet ? »

Ses yeux se retournèrent brusquement. « Qu'est-ce que vous avez dit ? »

« Un sifflet. Petit. En argent. En forme d'oiseau. »

Simone hésita. « Oui. Il en a trouvé un lors de fouilles. Il a prétendu qu'il était vieux. Il a commencé à le porter partout. »

Alisha n'a dit rien, mais à l'intérieur d'elle, quelque chose a bougé.

****

Alisha étudia le panneau des preuves plus tard à la station. Sous la photo de Courbet, elle a épinglé trois mots : *Banyan. Sifflet. Peur.*

Elle entendit Manu s'avancer derrière elle.

« Vous pensez que c'était personnel ? »

« Je pense que c'est générationnel. »

Il hocha la tête. « C'est comme ça que les choses fonctionnent ici. »

Alisha se retourna; Ses yeux se plissèrent. « Et je pense que quelqu'un veut nous faire croire que c'était du folklore. Mais les légendes ne vous empoisonnent pas derrière l'oreille. »

Chapitre 4

Le bâtiment des archives de Port-du-Roi était à peine climatisé et sentait le vieux papier journal et la moisissure, comme un endroit que le temps avait poliment évité. Alisha suivit Noël Gopaul dans des allées étroites entre des armoires poussiéreuses et des livres empilés avec plus d'espoir que d'ordre.

La voix de Noël résonna légèrement pendant qu'il racontait.

« La plupart des documents officiels ignorent le banian , » a-t-il dit.

« Mais dans les histoires orales, elle revient encore et encore, en particulier dans les chansons et les poèmes funèbres. C'est toujours la même image : un enfant enterré vivant, un oiseau blanc qui vole vers l'ouest, et des racines nourries de sang. »

Alisha lui jeta un coup d'œil de côté. « Joyeux. »

Il sourit faiblement. « L'histoire de l'île ne l'est généralement pas. »

Ils s'arrêtèrent devant une étagère basse, où il sortit un mince classeur intitulé *La Plantation de l'Espérance — 1790-1795.*

« Cette plantation se trouvait là où se trouve aujourd'hui le domaine de Courbet , » a expliqué Noël.

« Gérée par les français. Abandonnée après un incendie et une épidémie. Mais certaines histoires disent que quelque chose d'autre s'est passé, quelque chose de non-dit. »

Il ouvrit le classeur sur une page délavée. Griffonnée en créole français, une phrase a glacé l'estomac d'Alisha :

« Garçon là ti crié jusqu'à ki pied la mange li. »

(Le garçon a crié jusqu'à ce que l'arbre le mange.)

***

Noël ne parla pas pendant un long moment.

Ses doigts reposèrent légèrement sur le papier, prenant soin de ne pas tacher l'encre même si elle avait séché depuis longtemps. Il avait déjà vu cette phrase auparavant, des dizaines de fois, dans des fragments et des notes de bas de page. Mais elle atterrissait toujours de la même manière : comme une ecchymose sous ses côtes.

Il avait crié une fois. Pas aussi longtemps que le garçon, peut-être, mais assez fort.

Et personne n'était venu.

***

À l'extérieur des archives, la chaleur de la fin de matinée s'abattait comme une serviette mouillée. Ils se sont assis sous un auvent de rue et ont bu de l'eau de tamarin de la charrette d'un vendeur. Alisha tapota son carnet.

« Y a-t-il jamais eu un nom pour ce garçon ? »

Noël secoua la tête. «Seulement des suppositions. Certains disent qu'il était l'enfant d'un esclave et d'une maîtresse française, d'autres disent que c'était un fugitif qui a brisé un tabou. »

« Pourquoi tuer un enfant ? »

Il regarda dans sa tasse. « Pour enterrer un secret. Ou faire taire un témoin. Ou... pour sceller un lieu. »

Alisha l'étudia un instant. « Vous parlez comme si vous le connaissiez. »

Noël n'a pas souri cette fois.

« Peut-être que je l'ai fait, » a-t-il dit doucement. « Peut-être que nous le faisons tous. »

***

De retour au domaine Courbet, Alisha et Manu se promenèrent à nouveau dans le bosquet de banians, cette fois plus profondément.

La police avait bouclé la scène, mais les racines étaient étendues au-delà de la bande.

Alisha s'arrêta là où les arbres se regroupaient en une arche naturelle.

« Avez-vous déjà entendu parler de ce garçon en grandissant ? » demanda-t-elle à Manu.

Il haussa les épaules. « Tous les enfants de l'île entendent l'histoire, mais ils n'y croient pas. Pas vraiment. C'est un avertissement à l'heure du coucher, pas une leçon d'histoire. »

« Alors pourquoi tant de gens laissent-ils encore des pièces de monnaie dans les racines ? »

Manu n'a pas répondu.

****

Ils se retournèrent et virent s'approcher frère Matéo, pieds nus, vêtu de lin blanc, avec des perles autour du cou et un sac de tissu en bandoulière. Sa barbe était striée de gris et de sable.

« Je connais ce regard, » dit-il à Alisha. « Vous avez entendu l'histoire maintenant. Vous avez commencé à écouter. »

Alisha l'étudia. « Vous étiez un invité à la fête ? »

« J'ai été invité à bénir le bosquet. Jean-Michel voulait garder les apparences. » Il sourit sans chaleur. « Mais il n'y a jamais cru. C'était son erreur. »

« Vous croyez ? »

Matéo s'agenouilla près des racines et y plaça quelque chose : une pièce de monnaie et un pétale de frangipanier.

« Je crois que la terre se souvient. Et certaines blessures ne restent pas enfouies. »

Il se leva et se tourna vers elle ; d'une voix calme. « Savez-vous pour le garçon en 1964 ? »

Alisha eut le souffle coupé. « Non. »

« Il est mort ici. Même endroit. Aucun tueur n'a jamais été trouvé. Et l'autopsie a dit la même chose que votre homme : pas de traumatisme, pas de maladie. Juste... effondrer. »

Il la regarda, quelque chose d'ancien dans les yeux.

« Vous pensez que cela a commencé avec
Courbet. Mais ce n'est pas le cas. Ce n'est
jamais le cas. »

Chapitre 5

Le siège du ministère de la Culture était derrière une porte en fer rouillé dans le quartier colonial de Port-du-Roi, un bâtiment en pierre pâle avec des volets bleus et une odeur persistante de jasmin et de négligence du gouvernement.

À l'intérieur, Anjali Dubey était assise raide à un bureau rempli de dossiers, de pétitions et de cartes roulées qui n'avaient pas vu la lumière du jour depuis des mois. Son sari était impeccable, ses yeux plus perçants que son sourire.

« Je savais que Jean-Michel Courbet finirait mort, » a-t-elle dit, sans cérémonie.

Alisha cligna des yeux. « C'est toute une déclaration. »

« Je n'ai pas dit que je l'avais tué. J'ai dit que je savais qu'il courait le danger. »

Alisha est restée debout.

« Comment cela ? »

Anjali glissa un dossier sur le bureau. À l'intérieur : un registre funéraire, froissé et recopié tant de fois qu'il ressemblait plus à un fantôme qu'à un document.

« Sous ces banians se trouvent des tombes. Pas des mythes. Pas de chuchotements. Des noms. Des coordonnées. Des âges. »

Alisha parcourut la page. Enfant. Femelle. Banalisée ; enfant male, 10 ans. Tamoul-créole.

Dates tachées, mais cohérentes : du milieu des années 1800 au début des années 1900.

Alisha leva les yeux. « Depuis combien de temps avez-vous cela ? »

Les yeux d'Anjali ne bronchèrent pas. « Assez longtemps pour perdre deux promotions à cause de ça. »

Elle se leva et se dirigea vers la fenêtre. À l'extérieur, des vignes s'enroulaient à travers les grilles de fer.

« Mon grand-père travaillait dans ces champs. Ma mère avait l'habitude de me dire qu'il rentrait à la maison avec de la terre entre les dents. Il a dit que la terre essayait de parler à travers lui. »

Elle se retourna. « Il est mort avant que je puisse lui demander ce que cela signifiait. »

Alisha ne dit rien.

« J'ai obtenu ce poste parce que j'étais la seule à me souvenir de qui il était. » Anjali eut un petit rire amer. « Et j'ai passé chaque année depuis à essayer de ne pas oublier pour quoi il aurait pu mourir. »

« Il voulait construire sur une terre sacrée , » a-t-elle poursuivi. « Pas seulement ancestrale ou spirituelle, mais formellement protégée. Il y avait des pierres tombales sous ces banians. Tombes d'esclaves créoles. Peut-être aussi des restes sous contrat tamouls. Nous avons essayé de l'arrêter. »

« Mais ? »

Anjali a brandi un document tamponné. «Il avait ça. Un permis de reclassification complet, signé par le bureau du ministère du Tourisme, et accéléré par le service juridique. Dans une semaine. Cela n'arrive jamais à moins que quelqu'un ne le veuille. »

Alisha prit le papier et déchiffrant l'approbation. « Signature du ministre Girard. »

Anjali hocha la tête. « Girard et Courbet étaient d'anciens camarades de classe. Quand nous avons protesté, on nous a dit que nous étions 'anti-développement' ».

Alisha baissa le dossier. « Avez-vous protesté publiquement ? »

« J'ai écrit quatre lettres. J'ai organisé un panel. J'ai fait un discours à l'université. » Elle croisa les yeux d'Alisha. « Et oui, j'ai crié une fois contre Courbet, lors d'un forum public. Je lui ai dit qu'il déterrait des fantômes. »

« L'avez-vous menacé ? »

« Je l'ai prévenu , » a déclaré Anjali. « Il y a une différence. »

« J'ai cru au processus, inspecteur. Je croyais aux faits, aux pétitions, aux cartes. Mais les os ne se soucient pas de la propreté de vos papiers. Ils se soucient seulement d'avoir été oubliés. »

Elle montra la copie du registre funéraire. « Vous voulez résoudre un meurtre ? Commencez par les noms qu'ils ont effacés en premier. »

***

Dehors, sur les marches du ministère, Alisha prit une profonde inspiration. Le jasmin était plus lourd ici, doux, écœurant et presque nauséabond.

Manu l'attendait à l'ombre ; bras croisés.

« Elle vous a dit ce que je vous ai déjà dit ? » demanda-t-il. « Courbet avait trop d'amis haut placés, et trop peu de respect pour ce qu'il avait sous les pieds. »

Alisha lui a montré le permis. « Le ministre Girard a signé la lettre. »

Manu siffla bas. « Alors, nous venons juste d'y mettre le pied. »

« Elle est passionnée. Fâchée. Mais pas une tueuse. »

« Non , » a répondu Manu. « Mais elle sait peut-être qui le serait. »

***

Dans l'après-midi, ils retournent à *La maison marée*. Alisha demanda les dossiers privés de Courbet. Son avocat spécialisé dans les successions, un homme mince du nom de Jérôme Fontaine, a rechigné jusqu'à ce qu'elle mentionne une ordonnance du tribunal.

Ils ont trouvé un tiroir verrouillé dans le bureau de Courbet.

À l'intérieur : des papiers détaillant les achats de terres privées, les paiements aux arpenteurs et une carte du bosquet, marquée de cinq X rouges.

« Des tombes ? » murmura Alisha.

« Ou quelque chose d'autre, » a dit Manu. « Regardez ça, les dates à côté de chaque X. »

Le plus récent date d'il y a une semaine.

Le plus ancien ? 1964.

***

De retour au poste, Alisha se tenait au-dessus du tableau blanc, établissant de nouvelles connexions.

- Courbet meurt sous le banian.
- *Un autre homme* y est mort en 1964.
- Courbet le savait. Il l'avait dans ses dossiers.
- Il a continué à creuser de toute façon.

Elle a souligné une nouvelle phrase :

Il a réveillé quelque chose.

***

Avant que le commissariat n'ait pu terminer le traitement des rapports de la propriété de Courbet, un autre appel est arrivé, urgent, coupé et tremblant sur les bords. Jérôme Fontaine était porté disparu.

Ce n'est pas une coïncidence. Un modèle se dessinait, vieux comme les racines sous leurs pieds.

Et le banian écoutait.

Chapitre 6

Le commissariat était plus calme que d'habitude, mais pas calme. C'était le genre de silence qui bourdonnait sous la peau, le silence d'une équipe qui retenait son souffle, ne sachant pas si elle était sur le point de parler ou d'exploser.

Alisha Desai passa devant le bureau de service et entra au cœur de la salle de l'escouade, où une douzaine de conversations non écrites flottaient dans l'air. Manu Roux se tenait debout devant le tableau blanc, les bras croisés, la mâchoire tendue. Clara Wei feuilleta les rapports sur les toxines, les lèvres fines, les yeux durs comme du verre. Noël Gopaul faisait les cent pas avec son carnet toujours présent, mâchant quelque chose dans sa barbe comme une prière.

À peine était-elle assise que Manu parla.

« Trois jours. Deux corps. Aucun suspect. On dirait qu'on traque des ombres. »

« On traque des schémas », répondit Alisha

Clara ne leva pas les yeux. « Vous voulez dire des légendes. »

« Le folklore est porteur de données , » marmonna Noël.

« Seulement si tu crois aux histoires au coucher , « répliqua Clara.

Noël se figea à mi-chemin. « Et seulement si vous croyez que *les corps* s'effondrent naturellement à cause des neurotoxines côtières rares trouvées dans les escargots à cônes des profondeurs. »

La température de la pièce a changé – du sel dans l'air, de l'électricité statique sur la peau. Alisha regarda entre eux, la mâchoire serrée. « Nous avons besoin de concentration , » a-t-elle dit en se levant. « Passons en revue ce que nous avons. »

***

Manu leva un sourcil. «Alors peut-être que vous pouvez partager votre objectif, Inspecteur. Parce que nous avons parcouru après ça pendant trois jours, et tout ce que nous avons, c'est un murmure et un cadavre. »

Le mot *Inspecteur* frappa plus fort qu'il n'en avait besoin.

Alisha se redressa. « J'ai résolu des affaires plus difficiles avec moins. »

« Oui , » dit Clara, debout maintenant. « Peut-être que là d'où vous venez, ils vous donnent des chronologies propres et des tueurs polis. Mais ici, rien n'est neutre. Pas même de la terre. »

Noël intervint, trop rapidement. «Elle n'a pas tort. La terre n'est pas seulement une question de géographie, c'est un *témoignage.*»

« Vous savez ce que c'*est* ? » Clara craqua. « Indémontrable. »

La voix d'Alisha était aiguë maintenant. « Le deuil l'est aussi, mais nous ne le jetons pas. »

Manu siffla bas. « D'accord. Prenons une respiration tout le monde. »

Ils ne l'ont pas fait.

***

Pendant qu'ils récitaient les faits, Alisha les observait. La voix de Manu était plate, pas désengagée, juste fatiguée. Les mains de Clara se contractèrent lorsque Noël évoqua le folklore. Et Noël, sa voix s'est brisée lorsqu'il a mentionné le bosquet par son nom.

Plus tard, autour d'un thé tiède dans la salle de pause, le silence était épais et personnel. Clara fixa sa tasse comme si elle l'avait trahie.

Alisha a finalement demandé, plus doucement, « Tu ne me fais pas encore confiance. »

Clara ne cligna pas des yeux. « Vous vous êtes jointe à l'équipe au milieu d'une affaire de meurtre. Vous avez apporté de nouvelles règles. Vous croyez trop vite. »

« Parce que je suis prête à écouter ? »

« Parce que tu penses que c'est assez. »

«Sais-tu ce que c'est que d'avoir des années de science sapées par l'histoire d'un arbre qui murmure ? » dit-elle en posant sa tasse avec force.

« Savez-vous ce que c'est que de grandir avec cette histoire et de la trouver écrite avec du sang ? »

Le silence qui a suivi n'a pas été gênant. C'était en forme de chagrin.

Alisha regarda entre eux. Il n'y avait pas de manuel pour cela – comment diriger une équipe tirée dans des directions différentes par l'histoire. Elle pensa à Raj. De la façon dont il avait fait en sorte que son équipe se sente entendue, même quand il n'était pas d'accord. Elle n'était pas lui. Mais elle devait essayer.

Avant qu'elle ne puisse parler, Zara Naik entra dans l'enceinte comme si elle en était la propriétaire.

« Inspecteur , « a-t-elle dit, en tenant un dossier. « Je pensais que vous voudriez savoir qui Courbet appelait la semaine avant sa mort. »

Alisha l'a pris. Un nom s'est imposé : le Père Cassien.

Zara se pencha. « Il connaissait ton grand-père, n'est-ce pas ? »

L'air se déplaça.

Zara sourit. « Le banian parle toujours, inspecteur. J'espère que vous écoutez. »

Elle est partie sans attendre de réponse.

Un officier subalterne a frappé à la porte de la salle de repos, tenant une enveloppe. Pas d'adresse de retour. Pas de timbre. Juste le nom d'Alisha, griffonné à l'encre bleue.

Elle l'ouvrit.

À l'intérieur : un morceau de papier, plissé au milieu. Un dessin d'enfant – des lignes de crayon.

Un grand arbre, noueux et noir. Cinq cercles à sa base. Une pièce d'argent dans le ciel. Et sous les racines, une silhouette sans visage.

Une spirale entourée de traits s'enroulait dans le coin.

Alisha ne parla pas.

Elle tourna la page. Un seul mot, imprimé au crayon rouge :

« Bientôt. »

Clara recula. « Est-ce une menace ? »

Noël avait l'air pâle. « C'est un compte à rebours rituel. »

Manu jura dans sa barbe. « Ce n'est plus du folklore. C'est de la performance.

Alisha resta figée un instant de plus, puis plaqua le dessin au centre du tableau.

Le système racine se formait.

Et quelqu'un le regardait grandir.

Ils étaient surveillés.

Et testé.

Par quelqu'un qui savait ce qui les hantait.

Par quelqu'un qui se souvenait.

Chapitre 7

La voûte des archives derrière le palais de justice de Port-du-Roi était froide comme l'ont toujours été les vieux bâtiments gouvernementaux, comme si le temps lui-même s'était raidi dans les murs de pierre et la poussière de papier. Les lumières bourdonnaient au-dessus des têtes, jaunes et fatiguées.

Alisha se déplaça lentement, ses doigts effleurant le nombre de dossiers qui s'estompait. Noël traînait derrière elle, marmonnant des citations comme des charmes.

« Vous êtes sûr qu'ils ne sont pas numérisés ? , » a-t-elle demandé.

« La numérisation est morte en même temps que le financement , « a-t-il répondu. « Vous voulez des fantômes ? Vous les trouverez dans des boîtes. »

Ils ont trouvé le dossier par une étiquette manuscrite : *Belle Forêt, 1973 – NON RESOLU.*

Le dossier était cassant, bourré de papier dépareillé, de vieilles photos, d'encre délavée. Alisha l'ouvrit avec précaution.

Il a été rapporté que le corps d'un garçon avait été retrouvé sous un banian. Aucun signe de lutte. Aucune cause de décès. Les habitants avaient refusé de le récupérer. L'affaire a été classée en quelques jours. Sur la dernière page : une signature.

Rajiv Desai – Inspecteur, 2e district.

Alisha eut le souffle coupé. L'encre de son nom avait l'air étrangement fraîche, bien qu'elle sache que ce n'était pas le cas. Elle ne s'attendait pas au poids de le voir, à la façon dont il a tordu quelque chose dans son estomac. Son grand-père avait toujours été une voix de contrôle, de certitude. Pas quelqu'un qui a écrit sur la peur.

Noël s'accroupit à côté d'elle, les yeux scrutant. Il a montré un croquis dans les marges.

« C'est le sifflet. »

Un dessin d'enfant, presque. Forme d'oiseau brute. Spirale sur l'aile.

« ' Passé de l'enfant au prêtre. Rendu au silence' ,» a lu Noël à haute voix. « Effrayant. »

Elle tourna la page.

C'était différent de son grand-père. Franc. Cru. Comme si quelque chose avait dépassé le ton officiel et parlé à travers lui.

Elle ferma les yeux un instant. Elle se souvenait de lui assis sur leur véranda avec une tasse de thé, le bruit de la mer derrière lui. Il ne lui avait jamais dit ça. L'avait-il voulu ?

Noël se leva. « Alors, Courbet le savait. Il le devait. Il a tendu la main au même prêtre. Cassien. Toujours en vie. »

Alisha n'a pas répondu. Elle regardait un tampon rouge au-dessus du rapport : *SUPPRIMÉ.*

***

Clara resta seule dans la morgue, les lumières tamisées, et sans gants. L'écran de dépistage toxicologique de Courbet brillait faiblement sur le moniteur. Toujours pas concluant. Toujours exaspérant.

Elle fixa la minuscule perforation derrière son oreille. À peine visible. Propre. Précise. Mortelle.

Clara s'était dit que ce n'était que de la biologie. Venin exotique. Placement parfait. Logique.

Mais ce n'était pas correct.

Elle attrapa ses notes, puis s'arrêta. Sa main tremblait.

La dernière fois que ses mains ont tremblé, elle avait seize ans, assise à côté de sa grand-mère alors qu'elle marmonnait une prière en Hakka, allumant de l'encens pour un oncle qui « entendait le banyan respirer » et qui avait marché dans la mer.

Clara avait appelé cela de la folie. C'est ce qu'on a appelé un traumatisme culturel.

Maintenant, le bruissement des feuilles ne cessait de se glisser dans ses rêves.

***

Noël s'accroupit à côté d'Alisha, les yeux rivés sur l'écriture de Raj. « Il y croyait. Moi aussi. Pas un esprit. Pas exactement. Mais quelque chose qui exigeait d'être entendu. »

Alisha tourna la page. Un mot de Raj :

«Je ne crois pas qu'il s'agissait d'un acte de violence tel que nous le comprenons. La terre a de la mémoire. Je crains que quelque chose ne se soit réveillé. »

C'était brut, différent de tout ce qui se trouvait dans le dossier. Elle ferma les yeux un instant. Elle repensa à sa voix douce, à sa calme certitude. Elle a pensé aux histoires qu'il *n'*a jamais racontées.

« Je ne savais pas qu'il écrivait comme ça , » murmura-t-elle.

Noël la regarda, prudent. «Peut-être qu'il ne l'a pas fait. Peut-être que quelque chose a écrit à travers lui. »

***

De retour au commissariat, l'équipe a survolé les pages copiées. L'air était épais, non seulement de ce qu'ils lisaient, mais aussi de ce que cela signifiait.

Clara était silencieuse. Pâle. Mais présente.

Manu fixa la note de Raj.

Alisha était déjà en train d'écrire au tableau. Cinq racines. Cinq morts. Cinq sites.

« Le tueur n'est pas aléatoire , » a-t-elle déclaré. « Il est en train de terminer ce qui a été enterré. Et Raj savait que cela avait commencé il y a des décennies. »

Clara jeta de nouveau un coup d'œil à la photo de la morgue. « Que se passe-t-il lorsque la dernière racine est coupée ? »

Alisha regarda le dernier vers du poème en bois flotté.

Les deux regarderont le suivant mourir.

Clara avait l'air visiblement ébranlée. «Il a écrit cela dans un document officiel ? Sur la mémoire terrestre ? »

« L'autopsie s'est déroulée comme la mienne , » a-t-elle ajouté. « Aucun traumatisme. Juste s'effondrer. C'est répétitif. »

Manu est resté silencieux pendant un long moment.

« Je me souviens d'avoir entendu des rumeurs à propos de cette affaire quand j'étais stagiaire. Personne n'en a parlé. Maintenant, je sais pourquoi. »

Noël a ajouté : « Raj Desai aurait pu être la première racine. »

La phrase a atterri plus fort qu'Alisha ne l'avait prévu. Première racine. Elle pensa au sifflet dans son tiroir. Comment il l'avait trouvée, comment il était chaud parfois sans raison. Comme s'il se souvenait.

« Nous n'arrêtons pas de penser que le tueur est devant nous, » a-t-elle dit lentement. « Peut-être qu'il est juste en train de terminer ce que quelqu'un d'autre a commencé. »

Ils se turent de nouveau. Un faible bourdonnement de circulation arrivait de la fenêtre ouverte. La pièce semblait plus petite.

Puis Clara a dit, doucement : « Si cela continue, que se passera-t-il quand il arrivera à la fin ? »

Alisha regarda la photo de l'arbre dans le dossier. Les racines semblaient plus foncées qu'elle ne s'en souvenait.

« Peut-être que ce n'est pas la bonne question, » a-t-elle dit. « Peut-être devrions-nous lui demander à quoi il pense que la fin sera faite. »

Manu a finalement pris la parole. « Donc, le prêtre connaissait Raj. Et Raj savait quelque chose qu'il n'a jamais dit à personne. »

Alisha hocha la tête. « Alors il est temps que quelqu'un lui demande pourquoi. »

Chapitre 8

Le père Cassien vivait dans une maison de pierre érodée près de l'Anse Détourée, où la terre descendait doucement vers les champs de canne à sucre et où le vent semblait toujours porter quelque chose de vieux. Alisha se tenait devant la porte rouillée, le sifflet dans sa poche, et le dossier de Raj sous son bras.

Elle n'avait pas dit à l'équipe où elle allait. Elle avait besoin qu'elle le fasse elle-même. Pas de la procédure. Pas de stratégie. Juste la vérité.

La porte s'ouvrit avant qu'elle n'ait pu frapper. Le vieux prêtre remplissait le cadre, mince mais droit, les yeux sombres de reconnaissance.

« Tu es la petite-fille de Rajiv , » a-t-il
dit.

Alisha hocha la tête. « Inspecteur
Desai. »

Il l'étudia longuement. « Il avait ton
immobilité. Mais pas ta colère. »

***

Le salon sentait le bois de santal et le
papier sec. Des livres bordaient toutes les
surfaces. Des icônes de saints partageaient
l'espace avec des éléphants sculptés et des
bols d'encens. Dans un sanctuaire d'angle,
une bougie vacillait à côté d'une croix et
d'un petit Ganesha en laiton.

Alisha s'assit en silence pendant que le
père Cassien versait le thé.

Il avançait lentement, comme un homme qui ne craint plus le temps.

« Il a souvent parlé de toi , » a déclaré Cassien.

Alisha cligna des yeux. « Il l'a fait ? »

« Seulement quand il était fatigué. Il gardait ses soucis privés. Mais tu étais la seule chose qui le faisait douter de son devoir. Il voulait te laisser un monde digne de confiance. »

Le sifflet de son manteau était plus lourd.

***

Alisha glissa le dossier sur la table. Notes de Raj. Sa voix sur la page. Le symbole de la spirale. Les chuchotements. Les tombes anonymes.

Cassien n'y toucha pas.

« J'ai enterré le garçon moi-même , » a-t-il dit. « Personne d'autre ne l'aurait fait. »

Alisha le regarda fixement. « Vous voulez dire le garçon sous l'arbre ? »

Cassien croisa son regard. « Non. Je veux dire *ce* garçon. Celui du fichier. 1973. Belle Forêt. »

***

« L'autopsie a dit des causes naturelles. »

« Aucun traumatisme. Pas de maladie, » a dit Cassien doucement.

« Mais il avait la bouche ouverte. Comme s'il était mort au milieu de l'histoire. »

***

Elle plaça le sifflet entre eux.

Cassien tressaillit. Puis se stabilisa. « Je pensais qu'il était perdu. »

Alisha : « Qu'est-ce que c'est ? »

« La mémoire », dit-il. « L'appel d'un griot. D'Afrique de l'Ouest. Transmis dans les rites créoles, les chants bhojpuri, les funérailles chinoises. Un symbole pour se souvenir de ceux dont on ne se souvient plus. Pour invoquer l'histoire qui refuse de rester enfouie. »

Elle passa son pouce le long de son aile.
« L'as-tu donné à mon grand-père ? »

« Non. Il l'a trouvé . » Sa voix s'adoucit.
« Et il l'a trouvé. »

***

Elle se tourna vers la page du journal.
L'écriture de Raj.

«Je ne crois pas qu'il s'agissait d'un acte
de violence tel que nous le comprenons. La
terre a de la mémoire. Je crains que quelque
chose ne se soit réveillé. »

Cassien expira. « Il a fini par arrêter de
parler de l'affaire. Mais je savais qu'il le
suivait. Il avait l'habitude de s'asseoir sous le
banian et de chuchoter des excuses à la
terre. »

La gorge d'Alisha était serrée. « Il ne me l'a jamais dit. »

« Parce que ce n'était pas fini. »

« Il a disparu quelques jours après ce rapport , » a déclaré Alisha.

« Oui. » Les yeux de Cassien s'assombrirent. « Et tout ce qui figure dans ce dossier n'est pas complet. Il y avait un registre qu'il n'a jamais rendu. »

« Registre ? »

« Titres de propriété. Pots-de-vin. Changements de nom. Il l'a appelé le *livre de l'oubli*. Il a dit que cela montrait qui profitait lorsque la terre cesserait de parler. »

Le cœur d'Alisha battit la chamade. « Où est-ce ? »

« Je lui ai dit de le cacher là où personne ne pouvait écouter. »

« L'a-t-il fait ? »

« Je ne sais pas , » a déclaré Cassien. « Mais le sifflet est revenu. Cela signifie que l'histoire n'est pas terminée. »

***

Cassien ne dit rien de plus. Il retourna simplement à son thé, regardant la bougie brûler.

Dehors, le vent a tourné. Alisha se leva pour partir. À la porte, elle s'arrêta. «Vous y croyez toujours, n'est-ce pas ? »

Cassien sourit, pas aimablement. « La croyance n'est pas le but, mon enfant. La mémoire l'est. »

***

Elle a quitté le sanctuaire avec plus de questions que de réponses. Mais une chose était claire : elle n'était pas la seule à chercher ce registre.

Et la terre ?

Elle parlait toujours.

Chapitre 9

L'appel est arrivé juste après l'aube.

Alisha était déjà réveillée, assise sur sa véranda, du thé froid et un sifflet dans la paume de sa main. Quand la voix de l'officier de service crépita dans la ligne : « *Un autre corps. Près du bureau du patrimoine.* » elle était déjà en train d'attraper son manteau.

Les rues de Port-du-Roi étaient encore à moitié endormies lorsqu'elle arriva. Des lumières bleues pulsaient contre des briques coloniales et des vignes de bougainvilliers. Clara était accroupie près de la victime, les mains gantées se déplaçant avec une précision tranquille.

Manu l'a rencontrée au cordon de corde.

« Un commis. Niveau intermédiaire. Il s'agit de Rishi Sawan. Il vivait seul. Un gars de la paperasse. »

« Depuis combien de temps ? »

«La caméra de sécurité indique 4h12 Effondrement. Personne d'autre à l'écran. »

***

Rishi était allongé sur le côté près de l'entrée arrière, les yeux écarquillés, la bouche légèrement ouverte. Pas de sang. Pas d'ecchymoses.

Mais quelque chose brillait dans son dos.

Une pièce de monnaie, en argent, vieillie, placée exactement au centre de la colonne vertébrale. Équilibrée comme la ponctuation.

Clara leva les yeux.

« Même marque de perforation. Derrière l'oreille. Je vais confirmer, mais c'est le même profil de venin. »

Alisha ferma les yeux. La troisième racine.

***

De retour au commissariat, la tension monta comme de la fièvre.

Noël a tracé des cercles sur le tableau blanc, reliant Courbet, Fontaine, Sawan. « Tous les trois ont été impliqués dans la reclassification des terres. Directement ou en tant que signataires. »

« Et Anjali ? , » demanda Manu.

Alisha a déclaré : « Elle a essayé de l'arrêter. Cela pourrait faire d'elle la prochaine. »

Noël sortit une page scannée du dossier mentionné par Cassien, un vieux formulaire de transfert de terres. La signature en bas ? Rishi Sawan.

« La terre de Courbet. Domaine de Fontaine. Plantation de Charamond. Tout est passé par son bureau. »

Clara croisa les bras. « Il n'était donc pas seulement un employé. Il était l'architecte de l'oubli. »

Alisha se tourna vers le tableau. «Trois de moins. Il en reste deux. Ce n'est pas aléatoire. C'est un registre rituel. »

Manu jura doucement. « Cette terre n'a jamais été touchée. Ils ont essayé d'y construire une maison d'hôtes dans les années 90. Elle a brûlé avant d'être ouverte. »

Alisha n'a dit rien. Elle pensait déjà à l'avenir.

***

Clara s'appuya contre le bureau. Elle ne s'était pas assise depuis la scène. Elle n'arrêtait pas de vérifier le rapport de toxicologie, bien qu'elle sache déjà ce qu'il dirait.

« Trois corps, » a-t-elle dit. « Pas de bruit. Pas de lutte. C'est comme s'ils *acceptaient* de mourir. »

« Peut-être qu'ils le font. Il y a de la culpabilité qui est trop vieille pour parler , » a déclaré Noël.

Clara ne répondit pas.

***

Le site est apparu comme une blessure rouverte.

Le site de Charamond était calme, avalé par les cannes et les lianes rampantes. Pas de bande de police. Pas d'empreintes de pas. Juste du vent et le bruissement des feuilles.

Ils ont trouvé le marqueur par hasard – une pierre recouverte de mousse à peine visible au pied d'une arche envahie par la végétation. En dessous, le sol avait été perturbé.

Noël s'agenouilla. « Quelqu'un a creusé ici. Récemment. Puis il l'a refermé. Mal. »

Clara écarta les feuilles. « C'était une tombe. »

Manu recula. « Alors, qu'a-t-il pris ? »

Alisha fixa la terre inégale. «Pas quoi. Qui. »

Personne ne parla un instant.

Puis Noël murmura : « Bastian. »

***

De retour au poste, le commissariat bourdonnait comme une ruche perturbée. Les officiers marmonnaient à propos des présages. Quelqu'un a trouvé une plume de corbeau sur le rebord de la fenêtre de la salle de police. La superstition s'est glissée, peu importe combien de fois Clara a levé les yeux au ciel.

Alisha se tenait devant le tableau blanc ; les bras croisés.

«Trois de moins. Il en reste deux. Et chaque étape est tracée. »

Elle regarda à nouveau le poème.

On voyait la vérité, on chantait des mensonges.

D'une voix douce : « Si Raj était celui qui a vu la vérité... Sawan était celui qui chantait des mensonges. Il a fait oublier la terre. »

Clara, encore secouée, demanda : « Que se passe-t-il lorsque le tueur termine le poème ? »

Alisha regarda la dernière ligne.

Les deux regarderont le suivant mourir.

Elle n'a pas répondu.

Parce que la racine suivante a déjà été choisie.

* * *

Un officier subalterne entra. «Inspecteur. C'est arrivé dans la boîte de dépôt du commissariat. »

Une autre enveloppe. Pas d'inscriptions. Pas de retour. Juste le poids de quelque chose d'inachevé.

À l'intérieur de l'enveloppe se trouvait une feuille pressée – de banian – séchée et veinée d'encre rouge. En forme de spirale.

Au dos, il y avait une ligne d'une écriture soignée.

« Le registre comporte cinq noms. La terre se souvient d'eux tous. »

La colonne vertébrale d'Alisha se piqua.

Le système de la racine était encore en croissance.

***

Quelque part sur l'île de Céleste, le tueur réfléchissait sur le registre :

Cinq noms.

Cinq racines.

Cinq pièces payées.

La terre n'était jamais calme.

Ils nous ont seulement appris à arrêter d'écouter.

J'ai réappris à entendre. Dans les espaces entre les respirations. Dans le silence qui suit la mémoire.

Le banian gémit quand il a faim.

Courbet m'a donné son arrogance. Fontaine m'a donné ses mensonges. Sawan me fit silence.

La fille me défiera.

Le dernier, il me donnera son histoire.

Je ne fais pas cela pour me punir. Ou la vengeance.

Je le fais pour la restauration.

La terre se souvient. Je ne fais que l'écrire.

Chapitre 10

La pluie filait dans le ciel comme des points argentés tandis qu'Alisha regardait par la fenêtre du commissariat. La feuille de banian était toujours sur son bureau ; spirale rouge séchée en une croûte foncée. Elle n'y avait pas touché depuis l'arrivée de l'enveloppe.

Derrière elle, la pièce bourdonnait d'un frottement silencieux. Tout le monde bougeait, mais personne ne bougeait *ensemble*.

***

Noël se pencha dans l'embrasure de la porte, les bras croisés, la voix basse.

« Avez-vous déjà pensé à ceux qui ont cru avant vous ? » a-t-il demandé.

Alisha ne s'est pas retournée. « Tout le temps. »

Il s'approcha. S'assit sans demander.

« Il s'appelait Mikey. Assistant d'étudiants. À l'époque où je documentais des histoires orales dans Lavande. Il pensait que tout ce que nous enregistrions était *réel*. Nous avons commencé à dessiner les symboles avant même de les traduire. »

« Je lui ai dit de se détendre. Pour arrêter d'être obsédé. Je lui racontais des histoires qui ne tuaient pas les gens. »

Il s'arrêta.

« Jusqu'à ce qu'ils le fassent. »

Alisha finit par le regarder.

« Il a disparu pendant une tempête. Retrouvé deux jours plus tard, face vers le haut dans un champ. Pas de marques. Juste... vidé de l'intérieur. Comme si quelqu'un avait pris la partie de lui qui écoutait et l'a brûlée. »

« Il a dessiné un arbre. Même spirale. Même pièce. Mais l'oiseau ? Il n'avait pas d'yeux. Pas de bouche. »

Noël secoua la tête. « Je n'ai jamais publié l'interview qui nous a menés là-bas. Je l'ai enterré. Parce que je ne voulais pas admettre qu'il avait peut-être raison. »

« Maintenant, je rêve en racines. Alors oui. Je crois. »

✳✳✳

De retour dans la salle de l'escouade, Clara claqua un dossier.

« Vous avez contacté le Père Cassien sans protocole. Nous ne pouvons pas nous permettre d'avoir l'air de courir après des histoires de fantômes pendant que quelqu'un laisse des corps dans les sentiers. »

Alisha n'a pas bronché. « Il a enterré le premier garçon. Il connaissait Raj. »

« Et cela le rend digne de confiance ? » Clara craqua. « Tu poursuis l'ombre de ton grand-père, pas un suspect. »

«Elle n'a pas tort. Le rapport de Raj a été supprimé. Ce registre compte toujours , » a déclaré Noël.

Manu leva un sourcil. « Et si cela conduisait à quelqu'un d'intouchable ? »

«Alors, nous le touchons quand même ,
» a déclaré Alisha.

***

Un officier subalterne est arrivé avec
une photo d'une caméra de surveillance :
Anjali Dubey se disputant avec Sawan la
veille de sa mort. Sa main sur son bras. Son
visage crispé. Pas de son.

« Vous croyez qu'elle savait ? » demanda
Clara.

« Tu penses qu'elle a aidé ? » Ajouta
Manu, plus calme.

Alisha fixa l'image. Elle voulait dire non.
Qu'Anjali était trop brisée par le système
pour le briser en retour.

Mais c'est le problème avec le deuil. Il peut brûler les vertueux. Ou il peut devenir brutal et chirurgical.

****

La route de Charamond serpentait à l'intérieur des terres à travers de grands champs de canne à sucre et de l'asphalte fissuré, l'air épais d'un parfum de terre et de fruits pourris. Alisha conduisait en silence. Noël s'assit à côté d'elle, relisant le poème pour la centième fois. Manu et Clara suivirent dans la deuxième voiture, tous deux silencieux.

Le site est apparu comme une blessure rouverte.

La plantation Charamond appartenait autrefois à une riche famille créole, abandonnée depuis longtemps après l'incendie de la maison principale. Une fontaine à moitié effondrée, étouffée par les mauvaises herbes, marquait le centre, et les champs de canne à sucre, inexploités depuis des décennies, étaient devenus sauvages.

Le vent s'agita lorsqu'ils sortirent.

Noël se dirigea vers une arche de pierre affaissée. « Le registre comportait cinq sites. C'était le quatrième. »

Ils se dispersent. Alisha se déplaça lentement, les yeux rivés sur le sol. Elle s'arrêta près d'un groupe de bananiers sauvages, où le sol était plus sombre, plus meuble.

Elle s'agenouilla.

La tombe était peu profonde, récemment remplie. Une pierre plate avait été posée sur le dessus, sculptée de trois formes : un oiseau, une vague et la spirale désormais familière entourée de cinq traits.

Clara s'accroupit à côté d'elle. « C'était délibéré. Quiconque creusait ici savait ce qu'il cherchait. »

« Ou ce qu'ils rendaient, » murmura Noël.

Manu se recula ; bras croisés. « Si nous ne le savions pas, je dirais qu'il suit un rituel. »

Alisha traça la spirale d'une main gantée. La pierre était fraîche. « Il les marque. Un par un. »

Clara leva les yeux. « Mais pour quoi faire ? »

Alisha n'a pas répondu. Ses yeux restèrent fixés sur la pierre. Cela n'avait pas l'air d'être dans une tombe. C'était comme un compte à rebours.

***

De retour au commissariat, l'atmosphère était cassante. Tout le monde l'a ressenti. Une mauvaise respiration et l'air se briserait.

Alisha rassembla l'équipe dans la salle de briefing. Le tableau blanc n'était plus qu'une tempête de fils de discussion, de cartes et de photos.

« Il ne choisit pas les gens au hasard , » a-t-elle déclaré. « Ils sont tous liés à la reclassification des terres. Tout le monde. »

« Sauf Raj , » a ajouté Noël. « Il n'était pas complice. Il a essayé de l'arrêter. »

« Et c'est ainsi qu'il est devenu la première racine , » dit Manu d'un ton sombre.

Clara était assise, les bras croisés. Elle n'avait pas beaucoup parlé depuis Charamond. Finalement, elle a dit : « S'il s'agit d'un rituel de purification, qu'arrive-t-il à la dernière personne ? Que reste-t-il quand c'est terminé ? »

« De la mémoire , » dit Noël doucement. « C'est à ça que servait le sifflet. »

Les mots flottaient dans la pièce comme de la fumée.

***

Cette nuit-là, seule dans son appartement, Alisha a sorti le sifflet du tiroir. Elle le regarda fixement. Elle ne l'a pas sifflé. Elle l'a juste tenu.

La spirale sur la pièce. La spirale sur la feuille. La spirale sur le croquis de Mikey. Sur la pierre tombale de Bastian.

Et si le tueur ne se contentait pas de copier l'histoire ?

Et s'ils le *terminaient* ?

Chapitre 11

Salle d'interrogatoire 2. Sans fenêtre. Bourdonnement fluorescent. Pas de miroir. Juste le silence, quatre murs et une femme qui a été trahie une fois de trop.

***

Anjali Dubey était assise, les bras croisés, la mâchoire serrée. Ses cheveux étaient attachés avec une précision chirurgicale. Le genre de femme qui ne laissait jamais échapper ses émotions, jusqu'à ce que quelqu'un les fasse renverser.

De l'autre côté de la table, Alisha posa la photo de surveillance. Sawan. Anjali. Cet éclair de tension en niveaux de gris.

« Vous vous êtes disputée avec lui la veille de sa mort. »

« Je me suis disputée avec *tout le monde* dans ce département , » a déclaré Anjali. « Si cela me rendait dangereuse, la moitié du Ministère serait enterrée sous ton banian. »

Noël s'appuya contre le mur, silencieux. Manu était assis à côté d'Alisha, regardant Anjali comme une horloge fissurée, attendant le tic-tac.

***

Alisha n'a pas sorti de dossiers. Elle sortit le sifflet.

Elle le posa sur la table. Elle n'a rien dit.

Anjali cligna des yeux.

« Où avez-vous trouvé ça ? »

« Raj Desai l'a gardé. Mon grand-père , »
a déclaré Alisha. « Il a essayé d'arrêter ce qui
arrivait. Vous le connaissiez. »

Les mains d'Anjali ne bougeaient pas.
Mais sa voix a perdu de son tranchant.

« Il était le seul à écouter la terre et à ne
pas demander de subvention par la suite. »

Une longue pause.

« Vous a-t-il jamais dit ce qu'il a vu ? » a
demandé Anjali.

Alisha : « Non. »

« Alors vous avez de la chance. »

***

Anjali se pencha en avant, lentement,
comme si quelque chose se détachait en elle.

« C'était en 1999. Une équipe d'enquête a trouvé une ancienne fosse funéraire sous Charamond. Six squelettes. L'un d'eux était un enfant. »

« Ils ne l'ont pas signalé. On m'a dit de falsifier les données du réseau. De l'enterrer à nouveau. »

Clara tressaillit derrière la vitre.

« Cette nuit-là, je suis restée tard. J'étais en colère. Je suis rentré seule. »

« J'ai entendu du vent. Sauf... que rien ne bougeait. Pas d'arbres. Pas de grenouilles. Juste le bruit du souffle. Sous la terre. »

Sa voix tremblait.

« J'ai entendu une voix. Une voix d'enfant. Il a dit : '*Ça fait mal d'être oublié.*' »

***

Alisha demanda doucement :
« Pourquoi n'en as-tu parlé à personne ? »

Anjali soupira : « Parce que je croyais l'imaginer. Jusqu'à ce que Raj arrive. Et il a dit : « Si les racines crient, n'écoutez pas trop longtemps. Tu iras avec eux. » »

« Il m'a donné une page du registre. On dit qu'il faut le tenir à l'écart du Ministère. Je l'ai brûlé il y a six ans. Mais la spirale se manifeste toujours. Sur les documents. Dans mes rêves. »

Elle éclata d'un rire bref et amer.

« Tu veux savoir si j'ai tué Sawan ? Non. Mais je voulais qu'il meure. Est-ce que cela me rend assez coupable ? »

***

« La terre n'oublie pas , « murmura-t-elle.

« Il attend juste quelqu'un qui le fera. »

***

Il y a douze ans

Raj Desai se tenait seul sous le banian derrière le ministère au crépuscule. La pluie était sur le point de tomber.

Il tenait le sifflet dans sa paume.

Il était plus léger qu'il n'aurait dû l'être. Et pourtant, il l'attirait, comme s'il était fait de tout ce qu'il n'avait jamais dit à haute voix.

Le garçon était déjà mort. Trouvé sous le banian. Pas de blessures. Pas de bruit. Juste parti.

Raj l'avait écrit. Il l'a appelé un arrêt cardiaque inexpliqué. En interne, il avait écrit une deuxième version. Celle qui n'a jamais été inclue dans le dossier. »

Celle qui a commencé par :

« Il y avait une voix dans le sol. »

Il se tenait au bord des racines, le manteau humide, les chaussures boueuses. Il n'était pas un homme spirituel. Mais il n'était pas aveugle non plus.

« Je sais que tu écoutes , » a-t-il dit doucement. « Je ne sais pas ce que nous avons réveillé. Mais il ne dormait plus. »

Il s'accroupit, plaça le sifflet près des racines.

« Je suis désolé de t'avoir noté. Désolé d'avoir essayé de t'expliquer. Tu ne veux pas qu'on te nomme. Tu veux qu'on se souvienne de toi. »

L'arbre ne bougea pas. Mais il *respirait*.

Il pouvait le sentir à travers ses genoux. Une pression. Un bourdonnement. Pas de son, mais la *mémoire*.

Raj se redressa. Il s'essuya les mains. Il leva les yeux vers les vieilles lumières qui clignotaient le long de la ligne de toit du ministère.

« Je vais tenir le registre , » murmura-t-il. « Mais pas pour toujours. Un jour, il faudra que quelqu'un finisse cette histoire.

Puis il retourna vers le bâtiment. Loin de l'arbre.

Le sifflet resta en arrière, à moitié enfoui dans les feuilles humides. En attente.

Chapitre 12

Tout a commencé par une odeur.

Pas du sang. Pas de pourriture.

De l'encens.

Sucrée. Vieille. Familière comme les souvenirs sont familiers. Comme quelque chose d'un sanctuaire que votre grand-mère ne vous a jamais laissé toucher.

***

Le corps a été retrouvé près de l'ancien cimetière chinois de Grand Rivière. À moitié à l'ombre d'un arbre bodhi. Aménagé comme une cérémonie.

Il s'agissait de Manan Dass, un promoteur local et investisseur silencieux dans le projet de villégiature culturelle de Courbet.

Alisha se tenait juste au-delà du périmètre, la pluie picotant son manteau. L'équipe se déplaçait silencieusement derrière elle. Mais quelque chose dans cette scène était... différente.

Clara s'accroupit à côté du corps. »Même marque de perforation. Mais quelque chose a changé. »

« Il était *posé*, » a-t-elle ajouté. « Regardez les mains. »

« Elles ont été placées sur sa poitrine. Paumes vers le haut. Une pièce dans l'une. Un bout de tissu dans l'autre. »

***

Noël s'approcha, les yeux plissés.

« C'est du papier parfumé , » a-t-il dit. « Offrandes brûlées. Rite funéraire Hakka. »

« Les rituels de fusion *du tueur* , » marmonna Manu. « Pourquoi ? »

Alisha n'a pas répondu. Son regard avait fixé autre chose.

Gravée dans l'écorce derrière le corps : une spirale complète, terminée. Une seconde à côté, inachevée.

« Il en reste un , » a-t-elle dit. « Et il sait que nous le savons. »

***

Tandis qu'ils rassemblaient les preuves, Clara s'arrêta, fixant le visage de Manan.

« Il a l'air calme , » a-t-elle dit.

Alisha hocha lentement la tête. « Bastian aussi. Et Fontaine. Et Sawan. Même Courbet. Comme s'ils n'étaient pas surpris. »

Noël a dit : « Peut-être qu'ils ne l'étaient pas. »

***

Quand ils revinrent au commissariat, il y avait un dossier sur le bureau d'Alisha. Pas de note. Pas d'empreintes digitales.

À l'intérieur, il y avait une seule page du registre. Jauni. Flou. Un nom a été caviardé à l'encre.

En bas :

« Quand la cinquième racine tombera, la terre parlera de nouveau. »

Elle regarda le nom expurgé. L'encre luisait comme du sang.

«Il porte le nom final. Et il veut que nous le découvrions trop tard. »

***

Cette nuit-là, Clara retourna à la morgue.

Elle n'était pas censée le faire. Pas de nouveau corps. Aucune analyse en cours.

Mais elle se tint devant le cadavre de Manan et murmura :

« Qu'avez-vous entendu avant que cela n'arrive ? »

Pas de réponse, bien sûr.

Mais l'odeur de l'encens persistait.

Et quand elle s'est retournée...

... Une spirale a été dessinée en condensation à l'intérieur de la fenêtre de la morgue.

Chapitre 13

Le bureau du ministre était tout en verre et en teck, et le léger parfum du climat contrôlé. Alisha se tenait en face d'Alain Girard, l'observant attentivement. Son sourire était diplomatique, poli, mais pas chaleureux.

« Vous comprenez, inspecteur, » a-t-il dit, « ce niveau de sensibilité politique fait qu'il est très facile de mal interpréter les documents. »

« Vous avez approuvé trois demandes de reclassification , » a répondu Alisha. « Tout cela a conduit à un corps. »

Les yeux de Girard n'ont pas bronché. « Mon bureau facilite la croissance économique. Nous ne vérifions pas le folklore. »

« Vous avez vérifié le silence. C'est plus dangereux. »

Il joignit les mains. « Vous êtes ici parce que vous voulez que quelqu'un soit à blâmer. Mais parfois, les fantômes se hantent eux-mêmes. Ne chassons pas les ombres lorsque nous avons des faits à suivre. »

Alisha le regarda un instant de plus. Puis est partie.

***

Anjali venait de faire du thé. De jasmin. Trop de sucre. C'est toujours le cas.

Elle s'assit à son bureau, relisant la page du journal de Raj pour la douzième fois.

« *Si vous oubliez le garçon, les racines se souviennent.* »

Le sifflet était posé à côté d'elle. Plus vieux que la mémoire. Elle avait eu l'intention de le donner à Alisha, mais quelque chose en elle hésitait.

Pas encore. Pas ce soir.

Elle se leva pour fermer la fenêtre. Le vent s'était levé. Mais l'air n'était pas bon, trop calme pour remuer les feuilles, trop épais de silence. Les grenouilles s'étaient arrêtées. Encore.

Un bruit derrière elle. Pas un pas. Pas le souffle.

L'absence de son.

Anjali se retourna.

Sa bouche s'ouvrit. Aucun cri n'est venu.

Le vent lui murmurait quelque chose qu'elle ne comprenait pas.

Puis, le silence.

***

Quand Alisha est revenue au commissariat, le crépuscule tombait. Les lumières de la salle de l'escouade étaient faibles et l'équipe était dispersée. Manu faisait les cent pas près de la fenêtre, Clara griffonnait des notes à son poste de laboratoire, et Noël s'assit avec une expression vide, un livre de rites funéraires ouvert sur ses genoux.

Personne n'a dit grand-chose.

Puis un officier a appelé depuis l'entrée.

« Il y a quelque chose sur la porte. »

Ils se déplaçaient comme un seul homme.

Une silhouette était suspendue à la porte métallique. Sculpté dans du bois flotté, en forme d'enfant. La bouche a été cousue avec du fil rouge. Incrustée dans l'estomac : une pièce d'argent. Autour du cou du personnage, un collier de minuscules perles, symboles de deuil créoles.

En dessous se trouvait un autre poème.

Cinq racines enterrées, cinq pièces payées.

Trois sont tombés, deux ont été retardés

On voyait la vérité, on chantait des mensonges

Les deux regarderont le suivant mourir

« Ce n'est pas une escalade , » a déclaré Noël. « C'est une invitation. »

Clara murmura : « Ce n'est pas une affaire de peur. C'est une affaire de contrôle. »

Manu avait le visage de pierre. « C'est une menace. Mais c'est aussi un message. Il nous dit qu'il sait ce qui va suivre. »

Alisha ne parla pas. Elle fixa la bouche cousue, la pièce de monnaie, le poème. Puis elle se retourna et rentra à l'intérieur.

Dans la salle de briefing, l'équipe s'est à nouveau réunie autour du tableau blanc. Personne n'a touché au thé. Personne ne s'est assis.

Alisha regarda chacun d'eux. « Il ne se contente pas de tuer. Il conserve la mémoire. Transformer l'île en scène. »

Elle s'arrêta, puis montra la carte.

« Quatre sites marqués. Il en resta un. Quelle que soit la prochaine racine, il l'a déjà choisie. »

« Ensuite, nous les trouvons , » a déclaré Manu.

Noël entoura un nom. « Anjali Dubey. Elle est la dernière personne survivante à s'être publiquement opposée à Courbet. Et sa signature n'apparaît sur aucune renonciation.

« Elle a essayé de l'arrêter , » a déclaré Clara.

« Ce qui signifie, » termina Alisha, « qu'elle a peut-être déjà disparu. »

***

Ils sont arrivés à l'appartement d'Anjali un peu après neuf heures. Pas de réponse. Les lumières étaient allumées. La porte était verrouillée de l'intérieur.

Ils l'ont forcée.

À l'intérieur : une tasse de thé à moitié bue. Un ordinateur portable ouvert. Des chaussures soigneusement alignées près de la porte. Aucun signe de lutte. Mais sur le bureau...

Un sifflet. Fêlé. Plus vieux que celui d'Alisha.

Et à côté, soigneusement pliée, une page arrachée du journal de Raj Desai.

Souligné en rouge :

Si vous oubliez le garçon, les racines se souviennent.

Chapitre 14

L'appartement était un cri silencieux.

Alisha le parcourut lentement, sa lampe de poche jouant sur les étagères, les dossiers ouverts, les notes manuscrites. Le sifflet sur le bureau avait l'air cassant, comme s'il avait vieilli de cent ans en une nuit. Sa surface était plus sombre maintenant, noircie, comme si elle avait été brûlée de l'intérieur.

La page du journal était sans aucun doute celle de Raj. Son écriture se courbait avec une retenue familière, soulignée deux fois en rouge :

Si vous oubliez le garçon, les racines se souviennent.

« Elle n'a pas couru, » a déclaré Manu. « Elle a suivi l'histoire. »

Clara montra la fenêtre. « Aucun signe d'entrée forcée. Peu importe qui c'était, elle les laissait entrer.

Noël resta silencieux dans l'embrasure de la porte. Il n'avait rien touché. Il n'avait pas parlé depuis leur arrivée. Enfin, il a dit : « Il s'agit d'une reconstitution. Une restauration. Ils sont emmenés dans l'ordre où la terre a été effacée.

Le pouls d'Alisha battit.

Cinq racines. Cinq sites. Chaque mort est un rituel.

Courbet. Sawan. Fontaine. La tombe anonyme. Aujourd'hui Anjali.

Ou peut-être pas encore.

« Nous ne savons pas depuis combien de temps elle est partie , « dit Clara en vérifiant sa montre. « Pas de sang. Pas de lutte. Elle pourrait être encore en vie.

Alisha hocha la tête. « Puis nous la trouvons. Pas d'échappées. Pas de héros. Nous terminons cela en équipe.

***

Le tableau ressemblait maintenant à un sanctuaire – des veines de ficelle rouge s'étendaient à travers les noms, les sites et les poèmes.

Un pétale noir pressé était apparu, épinglé sans explication sur le tableau d'affichage du commissariat. Personne n'a admis l'avoir placé. Personne n'a osé l'enlever.

« Il est en train de recréer le registre, » a déclaré Noël en traçant les cordes. « Chaque site, chaque acte, est mémorisé. Quatre ont été achevés. Il en est resté un.

Chapitre 15

Le commissariat de police était silencieux, mais personne n'était immobile.

Ils avaient décodé le registre. Cinq noms. Cinq morts. Chacun d'entre eux est lié à des terres reclassifiées, sauf un.

« Il y a un vide , « a déclaré Noël. « Un site n'a pas de papiers. Caché, même dans le registre. »

Clara leva les yeux.

« Alisha. Votre maison familiale se trouve sur un terrain exempté. Techniquement non réclamé. Vous ne suiviez pas seulement la spirale... vous êtes né dedans. »

Alisha fixa le tableau.

«Donc, la racine finale... c'est moi. »

Un coup l'interrompit.

Un officier subalterne fait irruption. « Madame. Anjali Dubey. Ping GPS de sa montre : ruines de la chapelle, secteur Belle Forêt. Signal vient de mourir.

La voix d'Alisha était basse. « C'est là que Raj est allé avant qu'ils ne réduisent son rapport au silence. »

« La dernière note de Raj mentionnait une chapelle , » a ajouté Manu. « Au nord de Belle Forêt. Sa dernière affaire avant sa disparition.

Alisha a sorti une image satellite. Ruines envahies par la végétation. Aucun enregistrement. Pas de développement. « C'est tout. C'est le dernier endroit qui n'a pas été touché par la reclassification. »

Clara scruta la pièce. « S'il termine le rituel, il le fera là-bas. »

« Et si Anjali est vivante , « a déclaré Alisha, « c'est là qu'il la tient. »

Noël déglutit. « Alors, qu'est-ce que le cinquième acte est censé être ? »

Alisha fixa la carte en spirale.

« L'achèvement , » a-t-elle dit. « Et le souvenir. »

Noël a ajouté : « Si le tueur termine le rituel, c'est là qu'il s'arrête. Pas votre maison, l'origine de votre lignée. »

«Allons-y maintenant , » a déclaré Alisha.

***

Les lumières du commissariat clignotèrent lorsqu'une enveloppe apparut sur le bureau d'Alisha – pas de sceau, pas de timbre.

À l'intérieur se trouvait un pétale noir pressé et une note :

La terre ne pardonne pas.
Il fait fleurir ce qu'il enfouit.
Revenez à la maison.

Clara fronça les sourcils. « Il vous appâte. »

Alisha hocha la tête.

« Il veut que j'aille au mauvais endroit. Mais je sais où ça s'arrête. »

Chapitre 16

Ils sont arrivés juste avant l'aube. Le ciel était gris cendré, la brume épaisse de rosée et quelque chose de plus lourd. Le genre d'air qui se souvient des cris.

Manu vérifia son équipement.

« Entrée tranquille. Pas de divisions. Pas de bruit. »

Alisha hocha la tête. « Nous terminons cela ensemble. »

La chapelle n'était autrefois que pierre et hymnes. Maintenant, c'était squelettique : les bancs étaient brisés, l'autel s'était effondré. Sous la chaire, une faible lueur vacillait.

Une cave. Alisha est descendue la première. Le bois gémissait comme une gorge.

Ils trouvèrent Anjali assise sur une pierre. Les poignets liés, oui, mais elle n'avait pas peur.

Elle leva la tête, les yeux brûlants.

« Ça vous a pris assez de temps, » murmura-t-elle d'une voix rauque.

Elle se déplaça légèrement, révélant des symboles gravés dans la pierre autour d'elle : un oiseau, une spirale, cinq racines.

De l'ombre derrière elle, le tueur émergea.

Daniel Maurel.

Mince. Propre. La trentaine. Son visage n'était pas cruel mais calme. Presque pieux.

Il leva les mains. Pas de lutte. Pas de protestation.

« J'ai fait ce que je suis venu faire , » a-t-il déclaré.

***

Alisha s'avança, la voix tremblante.

« C'était quoi ? Une série de meurtres ? »

« Pour m'en souvenir, » dit doucement Daniel. « Pour la terre. Pour le garçon. Pour les noms enlevés par le silence. »

« Vous avez tué des gens. »

« J'en ai fait des symboles. Chacun d'entre eux a aidé à enterrer quelque chose de sacré. Je l'ai aidé à parler. »

« Et Raj ? » Sa voix s'est brisée. « Mon grand-père ? »

« Il a été le premier à comprendre. Ils l'ont réduit au silence. J'ai continué son travail. »

La salle retint son souffle.

Manu se déplaça pour le menotter. Clara vérifia Anjali. Noël marchait sur le bord de la cave, les yeux rivés sur le mur.

Là, brûlés dans la pierre :

« *Si le garçon est oublié, la terre hurlera jusqu'à ce que quelqu'un l'écoute.* »

Alisha regarda Daniel.

« Vous pensez que c'est la justice ? C'est juste plus de sang. »

« Non , » a-t-il dit doucement. « C'est la mémoire. La mémoire a besoin d'une voix. »

Il regarda la spirale qui brûlait derrière lui, non plus un symbole, mais une présence. Un observateur.

« Les racines sont à l'écoute. »

Chapitre 17

Daniel Maurel était assis dans la salle d'entretien, les poignets menottés et la colonne vertébrale droite. Il n'a pas beaucoup cligné des yeux. Il ne s'agitait pas. Il fixait le miroir comme s'il pouvait voir à travers, comme si les gens qui regardaient faisaient partie de son public.

Alisha l'observa à travers la vitre. Derrière elle, Manu et Clara gardaient le silence. Noël était sorti pour prendre l'air.

« Il est trop calme , » a déclaré Clara. « Comme s'il avait répété ça. »

« Il l'a fait , » a répondu Manu. « Nous n'avons tout simplement pas lu le scénario avant qu'il ne soit trop tard. »

Alisha entra seule dans la pièce.

Daniel se tourna vers elle et sourit faiblement. « Inspecteur Desai. »

Elle s'est assise. Posa le sifflet sur la table. « Pourquoi eux ? »

« Parce qu'ils ont été mal inscrits dans la terre. » Il n'a pas hésité. « Leurs noms ont enterré d'autres noms. De vrais. Sacrés. La terre, c'est la mémoire, inspecteur. Et ils ont construit leur avenir sur des os volés. »

« Et qu'en est-il de votre avenir ? » a-t-elle demandé.

« Le mien ? » Il pencha la tête. « Je n'étais que le lecteur. L'histoire était déjà là. »

Alisha ouvrit un dossier. Photos des sites. Le registre. Courbet. Sawan. Fontaine. « Alors, vous pensiez que si vous en tuais assez, quelqu'un se souviendrait de ce garçon ? »

« Je ne me souviens pas, » a déclaré Daniel. « *Écoutez.* La mémoire sans l'écoute n'est qu'un musée. »

Elle se pencha légèrement. «Vous avez planifié ça pendant des années. »

Il hocha la tête. « Tout a commencé avec Raj. Il a laissé des espaces que je ne pouvais pas ignorer. Notes de bas de page dans les registres des tribunaux, inscriptions dans les revendications territoriales annulées. Un grand livre enfoui de sens. Ils pensaient qu'ils pouvaient faire taire un homme comme ça. Mais l'île n'arrêtait pas de parler. Je lui ai juste donné un langage. »

Alisha croisa les bras. « Vous avez appelé le meurtre un langage. »

« Des symboles , » a-t-il corrigé. « Le sacrifice. Ceux qui sont morts n'étaient jamais été innocents. Certains tenaient la plume. D'autres ont simplement fermé le livre. »

Elle le regarda un instant. « Et Anjali ? »

Sa voix baissa. « Elle a été le dernier témoin. Pas une mort. Un règlement de comptes. »

À l'extérieur de la vitre, Manu murmura : « Il allait la laisser partir. Après le rituel. »

Clara secoua la tête. « Non. Il voulait qu'elle raconte l'histoire. Comme une prêtresse. »

***

[Flashback – Après l'arrestation de Daniel]

Parmi les affaires de Daniel, Noël a trouvé un dessin plié caché dans un journal cousu à la main. L'encre était délavée mais précise – une carte grossière de cinq lieux marqués. Quatre étaient déjà étiquetés avec des initiales. Le cinquième : *F.*

À côté, griffonnée dans un coin, une phrase en bhojpuri :

« La justice revient à la racine qui a signé en silence. »

Alisha et Manu échangèrent un regard.

« Fontaine , « a-t-elle dit.

Le domaine de la rue Charamond était fermé et silencieux. Lumières sur minuteries. Aucun mouvement visible.

Ils franchirent l'entrée latérale et le trouvèrent dans le bureau, affaissé, la bouche entrouverte, la respiration superficielle.

Clara vérifia son pouls. »Il est vivant. Même toxine. Juste assez pour paralyser. »

Épinglée à son revers : une pièce d'argent.

Alisha resta immobile pendant un long moment.

« Fontaine a rédigé le transfert de terres d'Espérance en 1964 , » a-t-elle déclaré. « Il ne s'est pas contenté de le permettre. Il l'a codifié. Le rituel se termine avec celui qui l'a rendu légal. »

***

Plus tard dans la nuit, Alisha est retournée à son bureau. Le commissariat était calme. Le genre de calme qui venait après les tempêtes.

Le registre était posé sur son bureau. Le sifflet aussi.

Elle regarda le tableau une dernière fois. Cinq sites. Cinq histoires. Un rituel terminé.

Ou tout juste commencé.

Son équipe avait fait sa part. Clara était de retour au laboratoire, redonnant confiance à ses outils. Manu avait enfin cessé de qualifier l'affaire de malédiction. Noël lui avait envoyé une vieille chanson, quelque chose de bhojpuri à propos d'un oiseau qui ne chante qu'une seule fois avant de mourir.

Elle se retourna vers le registre.

L'écriture de Raj était là. C'était aussi un nom qu'elle n'avait pas remarqué auparavant.

Bastian.

Souligné. Encerclé.

Un nom que la terre n'avait pas lâché.

Chapitre 18

Le dossier était mince.

Non pas parce qu'il n'y avait pas assez de preuves. Mais parce que certaines vérités ne rentrent pas dans la paperasse.

Daniel Maurel avait avoué sans hésiter. Nommé chaque site, chaque racine. Il a prononcé ces mots non pas comme un tueur, mais comme un gardien d'histoires.

Il n'a pas demandé d'avocat.

Il a demandé qu'un arbre soit planté à chaque tombe.

***

Sommaire du dossier – Inspectrice Alisha Desai

Sujet : Daniel Maurel

Chefs d'accusation : Meurtres prémédités. Homicides rituels. Suppression des registres de l'État.

Statut : En détention. Aucune défense juridique n'a été présentée.

Déclarations récupérées :

« *Je ne les ai pas tués. Je me suis souvenu d'eux. La pièce n'a d'importance que si quelqu'un oublie.* »

Il s'est confessé avec révérence. Pas de culpabilité.

***

La conférence de presse était prévue pour midi. La salle du ministère de la Justice bourdonnait de voix basses, de clics de caméra et de sons de politesse étirés jusqu'à se briser.

Alisha se tenait derrière le podium, ses notes pliées une fois dans sa main, sans être lues. Elle avait à peine dormi. Le sifflet reposait dans la poche de son manteau, un poids devenu trop familier pour être oublié. Le registre – la vérité de Raj – se trouvait dans le coffre-fort du ministère. Mais ce n'était pas le registre qu'elle craignait.

C'étaient les visages.

Les ministres. Les journalistes. Les gens qui regardaient la conférence de la maison.

Elle pouvait sentir son équipe derrière elle. Manu, un mur de présence. Clara, visiblement calme mais clignant des yeux trop vite. Noël, retournant quelque chose de petit dans sa main – un charme que sa grand-mère avait autrefois attaché à son cartable pour porter chance.

Ils étaient avec elle. Mais ils avaient peur aussi.

Et si l'île se retournait contre eux ?

Et si exposer la vérité signifiait brûler la paix ?

Elle s'éclaircit la gorge.

« L'enquête sur les récents décès liés à des transferts de terres historiques s'est conclue avec l'arrestation de Daniel Maurel , » a-t-elle commencé. Sa voix ne tremblait pas. « Un homme poussé non pas par la folie, mais par la conviction que l'île avait des histoires inachevées à raconter. Des histoires qui ont été enterrées sous la richesse, le silence et la bureaucratie. »

Les caméras ont clignoté.

« Les victimes n'étaient pas le fruit du hasard. Ils ont participé à un long arc d'effacement. Leurs morts n'étaient pas justifiées. Mais les vies qu'ils ont vécues n'ont pas non plus été épargnées par les conséquences. »

Elle s'arrêta. Sa gorge était sèche. Ses mains étaient immobiles.

« Le registre tenu par Rajiv Desai, mon grand-père, sera soumis à un examen par un tribunal indépendant. Ce n'est pas moi qui déciderai quels noms sont mémorisés et lesquels sont oubliés. Mais je veillerai à ce qu'ils soient tous entendus. »

Plus de flashs. Un bourdonnement silencieux de journalistes qui échangent des regards.

Elle recula.

Manu lui fit un signe de tête silencieux.

Clara expira par le nez. Noël sourit, à peine.

Ils étaient entrés dans l'histoire.

Ensemble.

****

Ce soir-là, dans la salle d'escouade, l'équipe s'est assise autour de la table de briefing avec des tasses de thé tiède. Le tableau avait été nettoyé. Pour la première fois depuis des semaines, il n'y avait pas de fils de discussion. Pas de photos. Juste quatre personnes, fatiguées et pensives.

« Nous avons fait ce qu'il fallait , » a déclaré Clara.

« Nous avons fait le plus dur, » a répondu Noël.

Manu a ajouté : « Et nous ne nous sommes pas perdus dans le processus. Cela compte pour quelque chose. »

Alisha ne parla pas pendant un moment. Ses épaules étaient tendues. Les yeux rivés sur le mur.

« Je n'arrêtais pas de me demander aujourd'hui si quelqu'un allait jeter une pierre , » a-t-elle dit calmement. « Si nous tirions un fil que l'île ne pourrait pas se permettre de perdre. »

Elle baissa les yeux vers le sifflet dans sa paume.

« J'avais l'habitude de penser que la justice était quelque chose que vous pouviez finir , » a-t-elle déclaré. « Comme un dossier. »

Elle posa le sifflet.

« Mais maintenant, je pense que c'est une chanson. Et il faut toujours que quelqu'un porte le couplet suivant.

Dehors, le vent a tourné.

***

Manu a pris deux semaines de congé. Il n'a rien dit. Il a juste disparu dans les collines.

Clara classa son rapport avec une précision scientifique, puis jeta tous les vieux rapports de toxicologie qu'elle avait gardés dans son tiroir.

Noël retourna à l'université. Mais au lieu de donner des conférences, il a commencé à constituer des archives – des histoires orales uniquement. Pas de rédaction. Aucune correction. Juste de la mémoire.

***

Alisha se tint une dernière fois sous le banian. Pas de badge. Pas d'uniforme. Juste le sifflet.

Elle le plaça à la base des racines, là où le sol se souvenait encore des pas de son grand-père.

« Vous vouliez que quelqu'un finisse l'histoire , » a-t-elle dit à haute voix.

«Mais je ne suis pas la fin. Je suis l'écho. »

Le vent se levait. Les feuilles bruissaient, ni fort, ni féroce.

Juste... présent.

Épilogue

Une année est passée.

Le tribunal a tenu ses audiences. Certains noms ont été lus à haute voix. D'autres ont été expurgés. Les protestations ont vacillé, puis se sont estompées. Quelques statues sont tombées. Une poignée de noms de rues ont changé. De nouvelles plaques sont apparues là où aucune n'avait été autorisée auparavant.

Mais le bosquet de banians était le même.

Alisha l'a visité à l'occasion de l'anniversaire de la mort de Courbet. Elle n'a apporté ni fleurs, ni offrandes. Juste un souffle retenu dans le silence entre les vents. Elle se tenait debout, les mains dans les poches, le sifflet reposant tranquillement dans la doublure de son manteau.

Derrière elle, l'île avançait, lentement. Sans plus faire semblant de ne pas se souvenir. Pas toujours prête à faire face à ce qui a été fait.

Alisha n'est pas restée longtemps.

***

Quelque part à l'ombre du banian, une voix d'enfant murmurait :

« Ça ne fait plus mal. »

***

Épinglée au dos du dossier qu'Alisha a soumis aux archives :

Une seule ligne, écrite de la main de Raj Desai.

« Certaines justices ne sont pas bruyantes. Elles s'enracinent d'elles-mêmes. »

***

Au commissariat, une nouvelle affaire les attendait. Quelque chose d'étrange : une lanterne brisée trouvée flottant dans le port, remplie de vieux os et de ficelle.

Clara fronça les sourcils. Noël marmonna quelque chose à propos du mythe d'un marin. Manu leva juste un sourcil.

Alisha regarda l'objet pendant un long moment. Puis elle l'a ramassé.

Dehors, le vent se déplaçait à travers les feuilles de banian.

Pas une fin. Plus maintenant.

www.ingramcontent.com/pod-product-compliance
Lightning Source LLC
Chambersburg PA
CBHW031539310726
48971CB00008B/2546